Título original: *Cleopatra. Regina del deserto*

1.ª edición: junio de 2025

Valentín Beato, 21. 28027 Madrid
www.anayainfantilyjuvenil.com

ISBN: 978-84-143-4490-3
Depósito legal: M-8308-2025
Impreso en España – *Printed in Spain*

PAPEL DE FIBRA CERTIFICADA

Sabina Colloredo

Cleopatra
reina del desierto

Ilustraciones de Barbara Bongini

Traducción de Carlos Gumpert

ANAYA

Capítulo 1

La tormenta

En Alejandría, soplaba un viento borrascoso y las gaviotas volaban bajas entre las nubes.

—¿Por qué no puedo salir al jardín? —preguntó Cleopatra a Iras, su nodriza—. A esta hora pasan los avestruces; si no me ven, ¿qué pensarán?

—Los avestruces no piensan en nada, princesa. Y hoy no saldremos. El viento te arrastraría lejos, eres demasiado pequeña y ligera.

—No le tengo miedo al viento.

—¡Pues deberías! —Iras apartó las cortinas que ondeaban como velas—. ¡Mira lo agitado que está el mar! ¿No ves las palmeras que se doblan hasta el suelo, bajo las ráfagas? El viento podría levantarte y dejarte caer en medio del desierto. ¡O peor aún, llevarte volando hasta Roma! —Iras puso cara de disgusto—. ¡Que Isis nos proteja de los romanos!

Cleopatra sujetó a su gata blanca en sus brazos y empezó a acariciarla con los ojos entrecerrados. Su pelaje era tan suave que le producía escalofríos.

—Los romanos son nuestros amigos —dijo.

—Por ahora. ¡Pero ya se sabe que los romanos van donde sopla el viento! —Iras empezó a peinarla—. Tienes un pelo precioso, princesa. Tupido y suave. Pero necesitas engordar, estás tan flaca como un renacuajo.

—Háblame de Julio César. ¿Es de verdad el gran guerrero que todos dicen que es?

Iras dejó el cepillo y la miró a los ojos.

—Piensas demasiado, pequeña.

—Mi padre no deja de repetir que César ha conquistado el mundo y que nadie puede resistirse a él.

—Tu padre es el rey, y si él lo dice, será verdad.

Cleopatra restregó la cara contra el hocico de la gata, a la que había llamado Isis, como la diosa egipcia protectora de las mujeres.

—Cuando César va a la guerra —le explicó a Iras—, se lleva con él un suelo de mosaico con figuras de pájaros en vuelo, y durante las paradas manda que lo pongan en su tienda.

—Se dicen muchas cosas sobre Julio César, princesa. Pero esa me parece una tontería. César es un soldado, ¿de qué le sirve un mosaico bajo sus sandalias sucias de barro?

—Es un hombre culto y refinado. ¡Tú no lo entiendes!

Cleopatra resopló e Isis saltó al suelo con un movimiento sinuoso.

—¡Estoy harta de pasarme los días hablando contigo! Quiero un preceptor, como mis hermanos.

Salió de la habitación y echó a correr por el palacio tan rápido como sus huesudas piernecitas se lo permitían.

A Iras le costaba seguirle el ritmo.

—¿A dónde vas? Para estudiar, tienes que esperar hasta el año que viene. Eres demasiado joven todavía.

—Voy a ver a mi madre. Es la única que me entiende.

A Cleopatra le encantaba tocar con sus dedos las imponentes columnas doradas que sostenían el palacio real. Le transmitían todo el poder de los Ptolomeos, su familia, la estirpe divina que reinaba sobre Egipto y descendía de Alejandro Magno. Sentía que formaba parte de algo único e importante, y la majestuosidad y la riqueza que la rodeaban se lo recordaban todos los días.

A su paso, doncellas, esclavos y cortesanos se apartaban. La princesa era conocida por su mal carácter y, además de Iras, había pocos que pudieran hacerle frente.

—¡Madre! —llamó Cleopatra, entrando a la carrera en los aposentos reales.

La vio acostada en la cama, serena en su siestecita de la tarde, y se acercó con pasos ligeros para no despertarla. Los truenos retumbaban en el cielo produciendo un sonido sordo. Cleopatra tenía la sensación de que algo iba mal. El mundo temblaba en una tormenta, pero dentro de la habitación había una calma poco natural. Las criadas estaban inmóviles como estatuas alrededor de la cama.

—¿Mamá…? —balbuceó acercándose.

Su madre estaba durmiendo, con su pelo oscuro suelto alrededor de la cara, muy blanca, los brazos cruzados sobre el pecho. Cleopatra tomó su mano y la sostuvo con fuerza. Estaba fría como el viento.

—¡Tu madre ha muerto! —la voz de su padre, el rey Ptolomeo XII, era áspera y cortante. Su aliento apestaba a vino.

Cleopatra no lo había oído entrar y se asustó.

—Te equivocas, padre. Está durmiendo.

—Isis se la ha llevado consigo. La tormenta hizo volcar el barco en el que viajaba y se ahogó. Los hombres no pudieron salvarla. He ordenado que los maten a todos.

Cleopatra sintió que su cuerpo se volvía muy pesado.

—Mamá… —intentó llamarla suavemente.

—No quiero lloriqueos —continuó Ptolomeo XII—. Eres una princesa. Seca tus lágrimas.

Cleopatra no se había dado cuenta de que estaba llorando y con un gesto mecánico se restregó los ojos. Cada movimiento le exigía un gran esfuerzo.

—Mañana se celebrará la ceremonia fúnebre —añadió el rey—. ¡Después tocaré la flauta para toda la corte! —y se marchó.

—¡No le importa que su mujer esté muerta! —explotó Cleopatra, mientras Iras intentaba calmarla—. ¡Solo piensa en la música y en la bebida! ¿Quién se ocupará de mí ahora que mi madre ya no está?

Se sentó en el suelo, con la cabeza apoyada en el regazo de su madre, y cerró los ojos.

—Dejadme en paz —susurró—. Todos. Quiero estar sola. Con ella.

Sintió que la gata se acurrucaba contra su cuerpo.

—Hiciste bien en venir —le dijo—. Estás caliente. Y estás viva.

Capítulo 2

Marco Antonio

En la Biblioteca de Alejandría, la mayor del mundo, reinaba la paz. Estudiosos, científicos y hombres de letras consultaban en absoluto silencio los setecientos mil rollos de papiro que contenían todo el conocimiento de la humanidad.

Cleopatra leía muy concentrada, con los labios apretados, como si temiera que lo que estaba estudiando pudiera escapársele por la boca.

Su maestro, el filósofo Dion, sentado al otro lado de la mesa, la miraba fijamente. Nunca había conocido a una chica de su inteligencia y, a pesar de que fuera una alumna testaruda y rebelde, le tenía cariño.

Le hizo un gesto de que era hora de irse y ella, de mala gana, enrolló el pergamino y volvió a dejarlo en su sitio.

Salieron y Cleopatra parpadeó bajo la cegadora luz del comienzo de la tarde. Sentado en las escaleras de la Biblioteca, la esperaba su amigo Olimpio.

—¡Ya era hora! —la saludó el muchacho poniéndose de pie de un salto—. ¿No estás estudiando demasiado?

Cleopatra le sonrió. Le hubiera gustado abrazarlo, pero se contuvo, porque Dion no le quitaba los ojos de encima. Ella era la princesa y Olimpio era un joven estudiante de medicina. No podían ser demasiado amigos, como Iras le había explicado varias veces.

—¿A dónde vamos? —le preguntó Olimpio.

—A ninguna parte —intervino Dion—. Esta noche se celebrará en palacio un banquete en honor de la delegación romana y Cleopatra será presentada al comandante Marco Antonio. Necesita descansar y prepararse para el encuentro.

Olimpio y Cleopatra intercambiaron una rápida mirada.

—¡Entiendo! —Olimpio puso una sonrisa divertida—. No te preocupes, Dion. ¡Te la traeré de vuelta a tiempo!

Tomó a Cleopatra de la mano y echaron a correr hacia la playa.

—¿A dónde vais? —Dion intentó perseguirlos, pero tuvo que pararse jadeando al cabo de unos metros—. ¡Princesa! —gritó—. ¡No hagáis tonterías! ¡Y no toméis el sol, que se os estropeará la piel!

Cleopatra le hizo un gesto con la mano sin darse la vuelta. Le gustaba sentir el viento en su cara, el calor del sol en sus hombros y la mano fuerte de Olimpio apretando la suya. Cuando estuvieron seguros de que estaban solos, se dejaron caer sobre la arena. Recuperaron el aliento en silencio, observando cómo las nubes cambiaban de forma en el cielo.

—Dime qué se cuenta en la ciudad —le preguntó Cleopatra a Olimpio—. Vivo encerrada en una jaula dorada. No sé nada de mi pueblo, de lo que piensan de mí, de cómo viven.

—Déjame pensar... Dicen... Sí, dicen que hay un pequeño elefante que deambula entre los puestos del mercado —empezó a decir Olimpio—. Se ha enamorado de una florista y todos los días le lleva fruta con la trompa...

Cleopatra sonrió divertida. Olimpio podía haberse inventado perfectamente esa historia, pero si había una ciudad en el mundo donde cosas así podían suceder, esa era la fabulosa Alejandría.

—Si la florista acepta el regalo —continuó Olimpio—, el elefantito se lanza a una especie de baile, loco de felicidad. Golpea los puestos de alrededor y las mercancías salen volando por todas partes. Pero si ella lo rechaza, se marcha muy triste.

—Es una historia de amor preciosa, Olimpio. ¡Pero te he preguntado qué piensan los alejandrinos de mí!

Olimpio miró el Faro que multiplicaba la luz del sol con sus espejos. Revestido de mármol rojo y blanco, destacaba sobre la pequeña isla que llevaba su nombre, frente al puerto grande. Era una de las siete maravillas del mundo, más alto incluso que las pirámides, y día y noche su luz indicaba a los barcos qué camino tomar para llegar sanos y salvos a Alejandría.

—Solo te ven de vez en cuando, Cleopatra, desde lejos, durante las ceremonias religiosas —susurró Olimpio.

—Entiendo. Los egipcios no me aman.

—No se puede amar a alguien a quien no se conoce.

Cleopatra permaneció en silencio.

—Yo seré diferente a los reyes que me precedieron. Me daré a conocer. Viajaré por el Nilo y a través de los desiertos. Quiero entender qué necesita mi pueblo para vivir mejor. ¿No es esa la tarea de un buen gobernante?

—Supongo que sí… —respondió Olimpio. Tenía quince años, igual que Cleopatra, pero ella era más madura y a menudo se hacía preguntas ante las que él no sabía qué responder.

—Y yo me convertiré en tu médico personal y te seguiré a todas partes. ¡Para toda la vida! —le dijo dulcemente.

—¡Ya veremos! —le tomó el pelo ella—. No estés tan seguro de eso.

El sol se estaba ocultando tras el mar y Cleopatra se puso de pie.

—Se está haciendo tarde —murmuró—. ¡Tengo que volver al palacio! Me muero de curiosidad por conocer a ese famoso Marco Antonio, amigo íntimo de César, su comandante más valiente. —Se dio cuenta de la mirada preocupada de Olimpio y rio entre dientes—. Si me gusta, quizá le conceda el honor de unirse a mi guardia.

—Quizá, como tu médico personal, lo envenene.

—¡Estás celoso!

—¡Ni en tus sueños!

—¡Sí que lo estás!

—¡Te digo que no!

Corrían, riendo alegremente, y sus voces se las llevaba el mar.

—¡Me gustaría cortarme esta nariz tan larga! —Cleopatra apartó el espejo que Iras le ofrecía.

—¡Si eres guapísima, princesa! —le aseguró ella.

—Mi hermana Arsínoe sí que es guapa, yo no. Pero tengo algo que ella no tiene y que esta noche será mucho más preciado que su belleza —se dio un golpecito en la cabeza—. Todo lo que necesito está aquí dentro. Quiero hechizar a los romanos y lo conseguiré. Nadie puede resistirse al timbre de mi voz y al sabor de mis palabras.

Iras colocó sobre su cabello el tocado dorado rematado por la cobra real y poco después Cleopatra, rodeada de su séquito, entró en la sala del trono.

Miró a su alrededor, incómoda, porque nadie parecía fijarse en ella. La sala estaba indescriptiblemente llena de cortesanos, reyes extranjeros y jefes tribales que habían aparecido como por arte de magia desde las dunas del desierto. Hablaban en voz alta, en docenas de dialectos diferentes, y los esclavos iban de un grupo a otro agitando sus grandes abanicos de plumas de avestruz. Los músicos tocaban una melodía conmovedora, las armas y las copas tintineaban, las bailarinas pasaban dando vueltas entre los invitados. El rey estaba sentado de mala manera en su trono, con las piernas bien abiertas y la cabeza gacha.

—¡Está borracho! —le susurró Cleopatra a Mardiano, el médico real—. ¿Es que no te das cuenta? Haz algo ahora mismo para que se recupere. ¿Qué impresión vamos a causarles a los extranjeros? ¿Quieres que toda Roma se ría de nosotros?

Mardiano corrió a preparar una infusión, mientras Cleopatra buscaba con los ojos la delegación romana. La vio al final de la habitación, cerca de la entrada. Un joven de aspecto orgulloso destacaba por encima de todos con sus anchos hombros envueltos en un manto púrpura, el pelo rizado y largo sobre su cuello. A ella le pareció muy guapo. Solo podía ser Marco Antonio. Se acercó a él, mientras la multitud de cortesanos se apartaba a su paso. Sus ojos se

buscaron: los de Cleopatra, verdes como las aguas del Nilo, y los del guerrero romano, azules como el mar.

Fue en ese momento cuando la voz del rey se elevó por encima de las demás.

—Comandante Marco Antonio, dicen que mi hija, la princesa Cleopatra… —hizo una pausa para beber algo de una copa que le alcanzó Mardiano—, es más inteligente que un hombre y más venenosa que una cobra —y estalló en una grosera carcajada—. ¡Procura que no se convierta en tu enemiga!

Luego dio una palmada, señal de que el banquete podía empezar.

Cleopatra se sentó en el asiento de honor, con Marco Antonio a su lado. Ella lo bombardeó a preguntas. Quería saberlo todo sobre Roma, el Senado, los últimos acontecimientos en el mundo y, por supuesto, sobre Julio César. Marco Antonio le contestó con precisión y mientras tanto estudiaba a aquella pequeña mujer de mirada penetrante. Había viajado por medio mundo y conocido a reinas, princesas y plebeyas, pero ninguna de ellas lo impresionó tanto como Cleopatra. Ninguna tenía su orgullo, su autoridad y ese encanto especial.

Pensó que era una digna descendiente de Alejandro Magno y no pudo quitársela de la cabeza, ni siquiera cuando se retiró a sus aposentos después del banquete, ni siquiera mientras dormía.

Cleopatra estaba allí, esperándolo, donde él no podía alcanzarla.

Capítulo 3

Reina a los dieciocho años

Cleopatra, sentada a la sombra de las palmeras, leía un mensaje recién llegado de Roma. Iras, Olimpio, Dion y Mencio, el comandante de su guardia personal, la observaban.

Era la dulce hora del crepúsculo y decenas de pájaros que regresaban a sus nidos recorrían el cielo. Un avestruz cruzó corriendo por el sendero de entrada y un cachorro de guepardo restregó el hocico contra la fresca seda de su vestido. Isis apareció detrás de un seto y le maulló.

—No tengas celos —dijo Cleopatra, tomando la gata en sus brazos—. Aunque te estés volviendo viejecita, sabes que eres única para mí.

—¿Malas noticias? —le preguntó Olimpio.

Cleopatra no contestó, pensativa. Pompeyo, el cónsul romano que gobernaba junto con César, pedía a Egipto soldados y barcos para utilizarlos contra César. Había estallado una guerra por el poder entre los dos, que en otros tiempos habían sido amigos. Pompeyo había huido a Asia para reclutar un ejército, y César lo perseguía. Cleopatra no sabía qué hacer. Pompeyo era amigo de su padre y siempre lo había apoyado, por lo que su lealtad le sugería que aceptara su petición, pero César era, por el momento, el ganador. ¿Por qué ponerse del lado de quien estaba perdiendo? Tenía que tomar rápidamente una decisión, pero no sabía a quién consultar. Su padre llevaba semanas postrado en cama, atormentado por una oscura enfermedad, quizá debida al exceso de bebida, y nadie se atrevía a asumir la responsabilidad de una decisión tan difícil.

—¡Aquí estás! —la odiosa voz de su hermano, Ptolomeo XIII, puso los pelos de punta a Isis—. Te he estado buscando por todas partes. ¿Es que tienes miedo de encontrarte conmigo?

Cleopatra le dirigió una mirada gélida. Ptolomeo era un muchacho mimado y sin carácter, y Potino y Aquilas, sus consejeros, lo manipulaban a su antojo.

—¿Qué quieres? —le preguntó.

—Por si no lo habías notado, ¡nuestro padre se está muriendo!

—No es nada nuevo. Y nosotros, que lo amamos, esperamos que Osiris se lo lleve pronto consigo, ahorrándole tanto sufrimiento inútil.

—¡Tú no ves el momento de que estire la pata! —gritó Ptolomeo, molesto por la calma glacial de su hermana—. Porque entonces te convertirás en soberana de Egipto.

—Eres tú quien lo dice.

—Has engatusado a nuestro padre y lo has seducido con tus dulces palabras para conseguir lo que querías. Pero te lo impediré. El pueblo no quiere una mujer en el trono de Egipto.

Cleopatra se acercó a él lentamente, sosteniéndole la mirada. Ptolomeo dio un paso atrás hacia Potino, quien colocó sus manos sobre sus hombros para tranquilizarlo.

—Muchas mujeres han reinado en el trono de Egipto. Y muy bien, hasta donde yo sé —dijo con énfasis Cleopatra—. Y el pueblo me quiere. Mientras tú juegas a hacer de príncipe, yo me paso los días escuchando a los delegados de las provincias, actuando como juez en las disputas y dando la bienvenida a embajadores de todo el mundo. Soy yo quien se encarga de Egipto, Ptolomeo, ¡no tú! Y ahora déjame en paz. Vuelve a la sala de juegos con tus fieles perros.

—¡Te voy a enseñar... ! —gritó Ptolomeo, e hizo un gesto para lanzarse contra ella. Pero Olimpio fue más rápido, colocándose entre los dos hermanos. Se había convertido en un joven alto y fuerte, además de en un médico muy hábil, y estaba dispuesto a dar la vida por su amiga de la infancia.

—Tendrás que pasar por encima de mi cadáver —le susurró.

—¡Ese momento llegará! —respondió Ptolomeo, luego dio media vuelta y se marchó furioso, seguido por Aquilas y Potino.

Cleopatra se dejó caer en un banco.

—No deberías haberlo desafiado así —la regañó Dion.

—¡Y pensar que esta es mi familia! —dijo Cleopatra—. Mi padre aún no ha muerto y mi hermano ya quiere matarme para ocupar su lugar. A mi hermana Arsínoe le gustaría librarse de mí porque tiene celos de mi inteligencia y el pequeño Ptolomeo XIV... por ahora parece un cachorrito indefenso, pero dentro de unos años estoy segura de que tendré que vérmelas con él también.

Todos permanecieron en silencio mientras las olas resonaban alegremente justo más allá de los jardines. Venganzas, intrigas, fratricidios. Ese era el destino de los Ptolomeos.

El templo de Osiris estaba repleto de perfumes y Cleopatra se sentía aturdida. La ceremonia con la que la consagraban como soberana del Alto y Bajo Egipto no terminaba nunca, y su hermano Ptolomeo XIII, sentado en el trono más bajo, la miraba con odio. El rey había muerto y, como todos esperaban, había designado a Cleopatra como su heredera. El único que no lo aceptó fue Ptolomeo.

—Te detesto —le susurró a Cleopatra.

—Yo también —respondió ella, impasible.

La multitud de Alejandría esperaba a la joven reina fuera del templo y la alababa con canciones y lanzándole flores. Cleopatra intentó disfrutar esos momentos, que serían únicos en su vida, pero sentía el peso de esa gran responsabilidad. Solo cuando el sacerdote del dios Amón colocó alrededor de su frente la banda que Alejandro Magno llevaba en las batallas, sintió ella la fuerza del héroe a su lado y cobró ánimo. Desde lo alto de las escalinatas, entre el pueblo que la vitoreaba, contempló Alejandría, que se extendía a

sus pies: la ciudad más hermosa del mundo brillaba bajo el sol. Cada edificio, museo y estatua relucía con su mármol blanco. Era un espectáculo emocionante. Por primera vez en mucho tiempo, Cleopatra sonrió feliz.

—¡Cleopatra! ¡Viva Cleopatra! —gritaban los alejandrinos.

Y ella los saludaba, hermosa y radiante como una novia.

Mientras desfilaba por la calle principal en una suntuosa silla de manos, una multitud cada vez mayor emergía de las avenidas laterales, de la sombra de aquellos edificios sin igual, hundidos en medio de jardines perfumados, entre lagos artificiales e hileras de palmeras y rosales.

Fue un día largo e inolvidable. Y para celebrarlo, Cleopatra llamó a su lado a sus hermanos, incluido Ptolomeo XIII, porque quería engañarse a sí misma pensando que tenía una familia. Una familia unida, que la amara y la apoyara en la difícil tarea que la aguardaba.

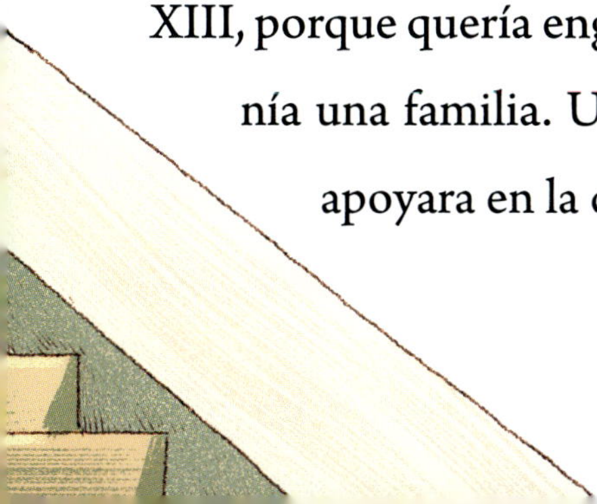

Capítulo 4

La conspiración

A Cleopatra no le interesaba pasarse los días en el palacio entre fiestas y recepciones. Decidió hacer lo que se había prometido años antes, es decir, viajar por todo su reino para conocerlo personalmente y escuchar de viva voz de sus súbditos sus esperanzas y necesidades.

Empezó visitando los puertos de la costa y en el camino de regreso se detuvo en Guiza para visitar las pirámides. Aquel espectáculo la impresionó: ¡qué gigantescas y majestuosas eran, y qué pequeña e insignificante se sentía ella!

De pie ante la Esfinge, rezó a la diosa Isis para que la guiara en la difícil tarea que le esperaba, cuando vio una nube de polvo elevarse al borde del desierto.

Un viento de arena oscureció el sol y gritos distantes la alarmaron. Alguien se acercaba galopando desenfrenadamente, mientras gritaba su nombre. A medida que la nube de arena se agrandaba, reconoció a Mentio, que encabezaba un grupo de soldados. Su fiel sirviente detuvo su caballo frente a ella y cayó al suelo, exhausto.

—Lo siento, reina. Te traigo una terrible noticia... —exclamó.

Cleopatra se estremeció bajo el sol abrasador.

—Tu hermano Ptolomeo XIII se ha apoderado del trono. Una conspiración. Ha ajusticiado a tus seguidores y ahora te está buscando. Quiere matarte.

Olimpio corrió al lado de Cleopatra.

—¡Tenemos que huir! —exclamó.

—No huiré. El trono de Alejandría me pertenece por derecho. Lucharé para recuperarlo.

—Lucharemos, pero no ahora. Por el momento nos superan ampliamente en número —dijo Mentio muy serio—.

Mi consejo es que nos refugiemos en Siria y desde allí reorganicemos el ejército. El gobernador Bíbulo es nuestro aliado y nos brindará hospitalidad.

Cleopatra sopesó sus palabras y comprendió que tenía razón. Solo la acompa-

ñaban un centenar de soldados y unas pocas docenas de cortesanos.

—No es una simple batalla, mi reina —añadió Mentio—. Es la guerra.

—Pues libraremos la guerra —sentenció Cleopatra.

Esa respuesta agradó a los hombres. Un soldado gritó su nombre, otro hizo lo mismo, luego otro y otro, hasta que todos, bajo la mirada impasible de la Esfinge, empezaron a gritar: «¡Cleopatra! ¡Cleopatra!» cada vez más fuerte, para armarse de valor y rendir homenaje a su reina.

Cleopatra se negó a sentarse en la silla de manos y se colocó a la cabeza de la columna, montada en su amado caballo árabe. Estaba claro que no podía esconderse detrás de cortinas de seda, entre suaves cojines, mientras sus soldados avanzaban entre mil dificultades.

Cabalgaron durante días a través del desierto ardiente, con la mirada fija en el horizonte en busca de cualquier movimiento sospechoso. Ascendían por las dunas más altas con el corazón en la garganta, porque no sabían a quién encontrarían al otro lado. Los soldados de Ptolomeo seguían persiguiéndolos y el desierto no era desde luego un buen lugar para esconderse.

Cleopatra cabalgaba día y noche, sin quejarse, ella que estaba acostumbrada a las comodidades y lujos de la corte. Comía muy poco y casi nunca dormía.

—¡Mi familia es un nido de serpientes! —repetía a Iras y a Olimpio, quienes la escoltaban preocupados.

Le entró fiebre y su cuerpo estaba cada día más delgado, pero nunca se desanimó. En la frontera con Siria, el gobernador Bíbulo la esperaba con un pequeño séquito y se arrodilló ante ella.

—¡Mi reina! —exclamó asombrado por la fuerza de aquella mujer que parecía tan frágil—. Estoy a tus órdenes.

—Y yo no lo olvidaré —le respondió Cleopatra. Bíbulo se colocó a su lado.

—Hay más novedades —dijo, poniendo su caballo al paso del suyo—. Julio César ha desembarcado en Alejandría y se ha instalado en palacio. Si tu hermano consigue verlo antes que tú, será el final.

Los dientes de Cleopatra castañeteaban por la fiebre, pero se sentía lúcida y decidida como nunca. Sabía que la estaban mirando, a la espera de una decisión.

—Quiero descansar una noche —dijo—. Y luego regresaré a Alejandría para hablar con César.

Afuera el sol cegaba, pero en el palacio de Bíbulo reinaba una fresca penumbra. Cleopatra había dormido y se le había pasado la fiebre. Sus ojos verdes brillaban amenazadores, como las aguas del Nilo antes de desbordarse.

—No puedes hacer algo así —le dijo Olimpio.

—¡Es una locura, mi reina! —insistió Mentio.

—¡Te matará! —reiteró Iras.

Cleopatra los miró con una pequeña sonrisa.

—Bueno, entonces está decidido. Aunque todos estéis en contra, porque me queréis y sabéis que es peligroso, iré a Alejandría y convenceré a Julio César para que me ayude a recuperar el trono.

Un silencio consternado cayó sobre la habitación. La conocían lo suficiente para saber que nada ni nadie podría hacerle cambiar de opinión.

—¿Y cómo planeas pasar por delante de los guardias del palacio sin que te maten? —le preguntó Mentio. Cleopatra caminaba de un lado a otro sobre la suave alfombra que cubría el suelo. Estaba buscando una solución y no contestó. De repente, se quedó mirando a sus amigos, muy alegre.

—¡Ya lo tengo! ¡Entraré en el palacio escondida en una alfombra! El mercader Apolodoro la llevará a las habitaciones de César, fingiendo que es un regalo para él.

—Estás bromeando, ¿verdad? Es peligroso, Cleopatra, debes ser prudente —intervino Olimpio.

—No es momento de ser prudente. Yo soy la reina y lo he decidido. ¡Mis órdenes no se discuten! Ven, Iras, ayúdame a peinarme. Quiero estar muy guapa cuando conozca al hombre más poderoso de la tierra. Y avisad a Apolodoro. Quiero que el plan sea perfecto. ¡En cada detalle!

Capítulo 5

Julio César

Era una cálida noche de verano y la bóveda celeste estaba repleta de estrellas.

César había salido a la terraza del palacio para admirar la fabulosa Alejandría. Nunca había visto nada igual: la ciudad se extendía hasta el desierto, llena de edificios grandiosos y obeliscos que rozaban el cielo. Y tenía un puerto único en el mundo, al que llegaban cientos de barcos cargados de mercancías a cualquier hora del día o de la noche. En comparación, Roma parecía un pueblucho miserable.

Se restregó la cara, cansado. Pensó que la situación era delicada: Ptolomeo y Cleopatra estaban en guerra por el trono, pero Egipto estaba bajo el poder de Roma y no podía permitir que un reino tan rico se empobreciera en una guerra fratricida. Tenía que resolver la situación. Ptolomeo XIII, pensando en hacerle un favor, había asesinado a Pompeyo y le había ofrecido su cabeza en una cesta. Se horrorizó ante la idea. Había sido una jugarreta, una emboscada cobarde, un gesto típico de los Ptolomeos. Hubiera preferido mil veces matar a Pompeyo en batalla, con honor.

Por eso ahora se sentía incómodo con Ptolomeo y la ausencia de Cleopatra empezaba a pesarle, pero la joven reina se había refugiado en Siria y quién sabe cuánto tiempo pasaría antes de que pudieran encontrarse.

¡Cleopatra! En Roma ese nombre estaba en boca de todos. César estaba impaciente por conocerla. Decían que era hermosa y muy inteligente. ¿Era posible que una mujer tuviera estas cualidades a la vez?

Llamaron a la puerta y su ayudante fue a abrir. Un sirviente colocó una suntuosa alfombra en el suelo.

—Un regalo de Bíbulo, gobernador de Siria —dijo el hombre dando un paso atrás.

César ni siquiera lo miró y despidió a sus hombres, porque quería estar solo. Se sentó ante el escritorio, pero en el silencio de la habitación un ruido, como un suspiro ahogado, atrajo su atención. Con la velocidad del rayo, agarró su espada y saltó hacia la alfombra. No podía estar equivocado: alguien se escondía allí y solo podía ser un sicario. Estaba a punto de asestar el golpe fatal cuando una voz de mujer lo detuvo.

—¡Ayúdame a salir! Me estoy asfixiando...

César se quedó de piedra, con su espada en el aire. La alfombra cobró vida: primero vio aparecer una mano, luego una pierna, hasta que, ante su mirada atónita, surgió una mujer joven, esbelta como un junco del Nilo, un poco desaliñada, pero muy hermosa.

—Soy la reina Cleopatra —dijo sonriendo, sin dejar de mirarlo con sus ojos grandes y orgullosos—. No tenía otra manera de llegar hasta ti sin que me mataran. Y tenía muchas ganas de verte antes de que lo hiciera mi hermano... ¡Puede que no sea majestuoso, pero ha funcionado!

Ella dio un paso adelante y César olió su irresistible aroma. Se echó a reír a carcajadas, mientras Cleopatra lo observaba.

—Decir que me has sorprendido es quedarme corto —repitió mientras le servía un poco de vino en una copa—. ¡Y créeme que no es fácil sorprender a César! Eres una mujer extraordinaria y valiente. —Seguía riéndose, incrédulo y admirado—. Creo que nos llevaremos muy bien los dos.

Cleopatra se sentó a su lado en la terraza refrescada por el mar. Miró su ciudad y se le llenaron los ojos de lágrimas. Creía que nunca volvería a verla. Y en cambio... en cambio no debía llorar, no debía parecer débil. Ahora comenzaba la parte más difícil: convencer a César de que ambos podían ser aliados.

Bebió el vino de un trago y empezó a hablar. César la escuchaba atentamente, hechizado por su encanto. Vio que tenía un hilo de tela en el cabello y con un gesto delicado se lo quitó. Sus miradas se cruzaron nuevamente. Y nunca más se separaron.

El entendimiento entre Cleopatra y César fue inmediato. Ella era la joven y fascinante soberana del reino más grande de Oriente y él era un guerrero de cincuenta años que había conquistado medio mundo. Eran el hombre y la mujer más poderosos de su tiempo y reconocían el uno en el otro a un digno interlocutor.

Después de aquella primera noche juntos, se aliaron para derrotar a Ptolomeo. Entre los partidarios del joven príncipe y los de Cleopatra estalló una sangrienta guerra civil, que se prolongó intermitentemente hasta que César se enfrentó a Ptolomeo en campo abierto y lo derrotó. El príncipe murió en la batalla, mostrando un valor que nunca había tenido en vida. Cleopatra recuperó su trono e hizo todo lo posible para darle a Egipto un período de paz y prosperidad.

—Debo volver a Roma —le dijo César, cuando el último de los enemigos fue derrotado. Abrazó a Cleopatra con firmeza, como si quisiera evitar cualquier objeción.

—Me lo esperaba. Llevas un año en Alejandría y en Roma conspiran contra ti —susurró Cleopatra, mirando aquel rostro anciano que había aprendido a amar—. Veo que Roma no es mejor que la corte de los Ptolomeos.

César intentó tranquilizarla.

—Marco Antonio me cubre las espaldas, pero no puedo dejarlo solo por mucho tiempo. Te espero en Roma. Prométeme que irás. Contigo a mi lado me sentiré más fuerte.

Cleopatra se acarició el vientre, que empezaba a redondearse. Estaba esperando un hijo de César y las sacerdotisas de Isis le habían dicho que sería un niño.

—Iré tan pronto como dé a luz —dijo—. Y cuando mis compromisos me lo permitan.

César la besó dulcemente. Cleopatra era la única persona en el mundo que le decía que no, incluso cuando decía que sí.

Capítulo 6

El rostro de Roma

Cleopatra estaba inclinada en la cuna y bromeaba con su hijo Cesarión, quien con sus manitas regordetas intentaba tirarle del pelo.

—¡Míralo! Es un conquistador, como su padre —exclamó extasiada.

Lo levantó y lo cubrió de besos.

—Yo creo que se parece a ti —dijo Olimpio.

—Tú detestas a César —bromeó Cleopatra—. Estás celoso de él.

—Todos estamos celosos de César. Mañana partirás a Roma y quién sabe cuánto tiempo estarás lejos. No entiendo por qué no quieres que vaya contigo. He sido tu amigo toda mi vida y podría protegerte. Los romanos no te quieren, Cleopatra.

—Ya me querrán —respondió Cleopatra—. Tengo un hijo con César.

—¡Si César está casado!

Los ojos de Cleopatra brillaron peligrosamente.

—Deja de repetírmelo. ¿Crees que me importa una romana cualquiera? ¡Soy la reina Cleopatra! César se divorciará de su esposa Calpurnia y se casará conmigo. Y juntos gobernaremos el imperio más grande de la tierra.

—Roma es una república, Cleopatra. Los romanos no quieren un rey y una reina. Vas a meterte en la guarida del lobo —insistió Olimpio.

—¿Y qué? ¿No era esta la guarida del lobo hasta hace poco? —señaló el palacio donde había nacido y vivido—. ¿Es posible que no lo entiendas? Tengo que ir a Roma, porque César me necesita. Juntos venceremos a nuestros adversarios, como siempre lo hemos hecho. Y tú, Olimpio, debes quedarte aquí para controlar la situación, en caso de que alguien piense en apoderarse del trono en mi ausencia. Solo confío en ti. Y mi hermano pequeño, Ptolomeo XIV, me seguirá a Roma. He aprendido la lección.

Cleopatra zarpó en un día de mar en calma y con un sol precioso. Los saludos de sus súbditos la acompañaron fuera del puerto, luego los delfines escoltaron el barco real hasta Nápoles.

Desde Nápoles a Roma, Cleopatra viajó por tierra, con un gran séquito de cortesanos y animales exóticos. Quedó encantada por la belleza de la naturaleza que la rodeaba: montañas cubiertas de bosques frondosos como nunca había visto, campos cultivados hasta donde alcanzaba la vista y llanuras de flores de mil colores.

César la estaba esperando a las afueras de Roma. A su lado estaba Marco Antonio, y Cleopatra reconoció en el apuesto hombre que tenía delante al joven que había conocido años antes. Se saludaron con simpatía. César la condu-

jo a través de la ciudad, que a Cleopatra le pareció pequeña, sucia y desordenada. Una multitud harapienta y gritona se había congregado en la calle para verla, pero pocos aplaudieron y se oyeron algunos silbidos entre la gente. Lo que Olimpio le había dicho era cierto: los romanos la detestaban. Para ellos no era más que una mujer bárbara que había hechizado a su amado jefe guerrero.

César, que conocía el carácter de su pueblo, había puesto a su disposición una villa fuera de las murallas de la ciudad, protegida por un grupo de soldados leales a él. Allí, Cleopatra y su hijo estarían a salvo.

Por fin solos, se contaron los meses que habían pasado separados, interminables para ambos. César sostenía a su hijo sobre sus rodillas y Cesarión lo miraba un poco asustado. Cleopatra notó que había envejecido y por primera vez sintió la diferencia de edad entre ellos. Lo vio muy cansado.

—La mitad del Senado está en mi contra —la puso al día César.

Cleopatra tomó al niño de sus brazos y se lo entregó a una sirvienta.

—¿Estás en peligro?

—Por ahora no. Marco Antonio y mis legiones están conmigo. Y también mi sobrino Octavio.

Cleopatra permaneció en silencio, pero estaba preocupada. Pensó en qué podía hacer para ayudarlo. Tal vez, si los romanos aprendían a apreciarla, la posición de César mejoraría también. Organizó cenas y banquetes para darse a conocer, segura de su encanto. Senadores, artistas y filósofos acudían a verla y ella los recibía con alegría. Hizo de todo para que la estimaran, pero fracasó. Los romanos

no estaban acostumbrados a tratar a las mujeres como iguales, y Cleopatra podía plantar cara a cualquiera. Era culta, ingeniosa y hablaba siete idiomas. Había leído y viajado más que ellos. Empezaron a odiarla, e incluso el gran orador Cicerón no hacía más que hablar mal de ella. Decía que era arrogante y que solo amaba el poder. La gente le creyó y la fama de Cleopatra empeoró, tanto que se volvió peligroso para ella ir a la ciudad.

Abandonada por todos, permaneció encerrada en su hermosa villa, con algunos amigos que iban a visitarla, y entre estos el más fiel era Marco Antonio.

César estaba cada vez más ocupado con los asuntos de gobierno y ella se sentía sola.

Sentía mucha nostalgia de su tierra natal y comprendió que abandonarla había sido un error. Solo Cesarión, que crecía guapo y fuerte, y las cariñosas cartas de Olimpio le daban cierta esperanza.

Capítulo 7

Los idus de marzo

Cleopatra gritaba y se revolvía entre las sábanas empapadas de sudor, pero no conseguía despertarse.

Iras la sacudió suavemente.

—Cálmate, mi reina. Era una pesadilla.

—Lo sé —tartamudeó Cleopatra, mirándola como si no la viera—. ¡Pero ha sido terrible!

Una sombra luminosa inundó la habitación.

—Está amaneciendo —suspiró Iras—. Ya ha pasado todo. El sol está saliendo de nuevo.

—¿Qué día es hoy? —le preguntó Cleopatra.

—Los idus de marzo.

Cleopatra sintió un escalofrío, pero no era de frío.

—Hoy han convocado a César al Senado. Espero que pueda convencer a Bruto y a Casio de su buena fe. Esos dos lo odian.

Iras le ofreció la bandeja del desayuno, pero Cleopatra la rechazó.

—Si las aguas se calman, podrá divorciarse de su mujer y nos casaremos por fin. Tengo ganas de volver a casa, Iras. ¿Y tú?

Hizo una pausa y su gesto quedó suspendido en el aire. El viento le había traído un estallido de gritos desde la ciudad. Apartó su silla y corrió hacia la terraza, con el corazón palpitando enloquecido.

—¿César…? —susurró, porque un presentimiento la estaba asfixiando.

En Roma la multitud se rebelaba y grupos de personas corrían gritando por las calles. Habían estallado incendios y se oía el choque de las armas.

Una voz se elevó por encima de las demás: «¡Han asesinado a César! ¡Devolvednos a César!».

Cleopatra vaciló y se agarró a la barandilla para no desmayarse. Vio a Mentio corriendo hacia ella.

—¡Mi reina! —gritó frenético—. ¡Han matado a César en el Senado! —Vio la expresión de Cleopatra y se quedó paralizado. Estaba pálida y temblorosa—. Lamento decírtelo así, pero no hay tiempo que perder. Bruto y Casio lo han apuñalado junto con otros senadores. Hay revueltas en la ciudad. Marco Antonio ha desaparecido y nosotros también debemos huir. Sin la protección de César ya no estás a salvo. Y tu hijo tampoco... —No terminó la frase.

Cleopatra estaba acostumbrada a actuar y pensar con rapidez en situaciones de emergencia.

—Nadie le hará daño a Cesarión mientras yo viva —gruñó.

El recuerdo de la sonrisa de César mientras se inclinaba sobre ella y le susurraba algo la hizo gritar de dolor. No debía pensar en eso ahora, o se quedaría sin fuerzas. Era hora de actuar, de olvidarse del amor, de sofocar el miedo y de emprender el camino hacia un destino desconocido, sola una vez más.

—Traedme a Cesarión —dijo—. ¡Y preparémonos para el viaje!

Sola, de pie en la proa del barco, Cleopatra miraba el mar tempestuoso con los ojos llenos de lágrimas. Lloraba por el hombre que amaba, asesinado a traición por sus mejores amigos, y lloraba por el sueño de unir a sus dos pueblos y formar un gran imperio de Oriente y Occidente. Nada había salido como ella esperaba. El asesinato de César había dado origen a otra sangrienta guerra civil, y si los conspiradores triunfaban, no le habrían dado tregua. Cesarión también estaría en peligro y eso era lo que más la preocupaba. Sabía que Marco Antonio luchaba contra Bruto y Casio y que a su lado estaba Octavio, sobrino de César. Estaba segura de que no se detendrían hasta conseguir vengarlo.

Marco Antonio era un amigo y siempre había habido una gran simpatía entre ellos. Le pediría protección y estaba segura de que él no se negaría.

Una ola más alta que las demás barrió el puente del barco, que se inclinó peligrosamente.

—¡Mi reina, baja a cubierta! —gritó el timonel. Cleopatra permaneció donde estaba. La violencia de la tormenta la hacía sentirse viva. Otra ola gigantesca se estrelló contra el barco, pero Cleopatra desafiaba impasible la ira de los dioses, acompañada por Mencio.

—¡Mira! —gritó Mencio señalando un punto en el mar. Una forma oscura, del doble del tamaño del barco, nadaba rápidamente, sumergiéndose en el abismo entre las olas. Era una visión aterradora y fascinante.

—¿Qué… qué es eso? —balbuceó Cleopatra.

—Un monstruo de las profundidades —le explicó el timonel—. Rezo a Osiris para que no la tome con nosotros. Un golpe con la cola y estaríamos acabados.

Permanecieron en silencio, observando aquel inmenso y desconocido animal que desafiaba la tormenta.

El viento aullaba, las olas se elevaban hacia el cielo y Cleopatra se sintió parte de la infinitud del mundo. La proximidad de aquel monstruo no la asustaba, al contrario, le pareció que luchaba también por sobrevivir y, en su imaginación, pensó que era una hembra como ella.

Continuaron así por un tiempo, uno al lado del otro en la distancia, hasta que de repente amainó el viento, se retiraron las nubes y el sol apareció lentamente.

—¡Mamá! —Cesarión emergió de debajo de la cubierta, apartando a Iras que intentaba sujetarlo—. ¡Mamaíta!

Cleopatra corrió hacia él y lo abrazó tiernamente.

—Cariño mío, ya ha pasado todo. ¿Has tenido miedo?

El niño levantó la barbilla, como hacía César cuando alguien decía alguna tontería.

—¡No! —le dijo en tono solemne.

—Muy bien. El miedo no sirve de nada... Solo conduce a tener aún más miedo... —Cleopatra colocó a Cesarión de pie junto a ella y, arrullados por los ruidos del barco, vieron cómo se calmaba el mar—. ¿Lo ves? —señaló al mons-

truo que arrojaba columnas de agua. A su lado podía verse ahora una forma más pequeña, que lo seguía con incertidumbre y nunca se alejaba demasiado—. Es su pequeño… —le susurró a Cesarión.

—¿A dónde van?

—Vuelven a casa. Igual que nosotros.

Capítulo 8

La última batalla

Marco Antonio y Octavio derrotaron a Bruto y a Casio y dividieron el mundo en dos, como una manzana: Antonio se quedó con Oriente y Octavio con Occidente.

Antonio le pidió a Cleopatra que se reunieran en Tarso, una ciudad de Cilicia, después de años sin verse.

Ella aceptó con mucho gusto: él siempre había sido fiel a César, y Cleopatra apreciaba la honestidad de los sentimientos.

Era un verano muy caluroso y la reina emprendió el viaje a bordo de un magnífico barco con una popa dorada en forma de ariete, velas púrpuras y remos plateados que batían el agua al ritmo de una dulce música.

Se había vestido como una diosa y la multitud se reunió a lo largo de la orilla para verla pasar.

Antonio quedó deslumbrado. La recordaba como una joven inexperta y se encontró frente a una mujer en la flor de la vida, una soberana legendaria.

Ambos comprendieron a primera vista que ya no eran los soñadores de otros tiempos: habían visto muchas cosas y eso los había transformado. Pero se entendieron de inmediato, porque ambos amaban el poder, la vida y el amor. Volvieron juntos a Alejandría y se hicieron inseparables. Antonio se sentía fascinado por Cleopatra a causa de su personalidad, pero también de la riqueza y los lujos de la corte. Y a Cleopatra le gustaba Antonio porque le daba seguridad. Por primera vez tenía un hombre que la amaba por lo que era y no solo por el poder que irradiaba.

Y además se divertían mucho juntos, como dos niños.

—¿Sabías que soy una maga? —le dijo Cleopatra una noche, durante un banquete.

Cesarión estaba sentado a poca distancia, al lado de Olimpio. Era un niño serio y muy maduro para su edad. Lanzó una mirada preocupada a su madre. Antonio, en cambio, la escuchaba sonriendo.

Cleopatra tomó una de sus perlas más preciosas y la dejó caer en una copa de vinagre. La perla se deshizo y ella se la bebió toda de un trago.

—¿Lo ves? —le dijo—. Las riquezas no son nada. Van y vienen. Lo único que queda son los sentimientos de verdad.

La sala estalló en carcajadas y Antonio estrechó la mano de Cleopatra. Ella sonrió, pero al captar la mirada severa de Cesarión se sintió confundida. No era más que un truco, por supuesto, pero a su hijo no le gustó.

—Si querías deshacerte de la perla —le susurró—, podrías habérsela dado a tu pueblo. Seguro que con ella conseguían pan para alimentarse.

A Cleopatra le sentó mal ese comentario. Cesarión crecía inflexible, como su padre, demasiado moralista y rígido en sus creencias. A menudo no se entendían.

Se entristeció, pero al final la felicidad de Antonio pudo más: ¿sería posible que no pudiera divertirse un poco, sin sentirse culpable? Después de años de batallas, duelo e intrigas, ahora se sentía feliz y enamorada, ¡y su hijo se lo cobraba! Ella era la reina y podía hacer lo que quisiera.

Al cabo de unos meses, Antonio tuvo que abandonar Alejandría, porque estar lejos de Roma mucho tiempo nunca era una decisión inteligente: Octavio estaba tratando de enemistarlo con los senadores. Cleopatra permaneció al final del muelle del puerto hasta que el barco desapareció en el horizonte. Lo recordó con su capa ondeando al viento, sonriendo y con la frente amplia. Estaba embarazada de él y deseaba que regresara pronto.

—¡Mi reina! ¡Es un niño! —Olimpio sostenía al recién nacido que tenía en brazos, mientras Cleopatra sonreía exhausta, acostada en la cama.

—Lo llamaré Alejandro Helios… —decía, pero se detuvo con una mueca de dolor—. ¡Olimpio, ayúdame! —gimió.

—¡Viene otro! —exclamó Olimpio mirándola—. ¡Son gemelos! —Luego se inclinó sobre la reina y después de unos minutos levantó emocionado otro recién nacido que gritaba a todo pulmón—. ¡Es una niña! —le dijo, enseñándosela—. ¡Nunca he visto a una mujer dar a luz tan fácilmente como tú!

—¡Me gusta tener hijos! —dijo Cleopatra con un hilillo de voz—. Dámela. Mi primera hija… ¡La llamaré Cleopatra Selene! —dijo radiante.

Los gemelos eran muy rubios.

Cleopatra estaba encantada: disfrutaba de tener una familia numerosa, pero su alegría no era completa sin Antonio, que todavía seguía en Roma.

A Cesarión le hizo mucha ilusión tener dos nuevos hermanos, Olimpio estaba loco de alegría e Iras, que estaba envejeciendo, servía de abuela para los tres.

Fue una época de paz para Cleopatra, pero cuando Antonio regresó, no estaba de su humor habitual. Fue muy afectuoso con los gemelos y también con Cesarión, pero estaba preocupado. Cleopatra no preguntó demasiado porque no quería saber.

Intentó entretenerlo con viajes, fiestas y la recién encontrada armonía familiar, pero fue inútil. A medida que leía los mensajes que llegaban de Roma, Antonio se iba volviendo cada vez más pesimista.

—Octavio quiere eliminarme —le dijo una noche—. Ha puesto a todos en mi contra: enemigos y amigos. Dice que quiero reinar sobre Roma contigo, como decían de César. Y ahora los romanos me odian.

Cleopatra sintió que toda la dulzura de esos últimos meses se desvanecía. Sabía lo que significaban esas palabras y no quería volver a oírlas nunca más.

—Es la guerra —le anunció Antonio, bebiéndose una copa de un solo trago—. Y esta será la última.

Ella bajó la mirada, confundida. Le hubiera gustado gritarle a la cara que esa guerra no le interesaba, que ahora tenía tres hijos que cuidar y un cuarto en camino, y que lo único que quería era vivir y reinar en paz. Pero sus deseos habrían sido confundidos con debilidad y una reina nunca puede mostrarse débil, ni siquiera con el hombre que ama.

—¡Pues que haya guerra! —dijo con un hilo de voz.

Cleopatra tuvo con Antonio un tercer hijo, este moreno, no como los dos primeros, que eran muy rubios, y lo llamó Ptolomeo. Intentó con todas sus fuerzas posponer el conflicto con Octavio, pero, cuando este amenazó con invadir Egipto, tuvo que ceder ante lo inevitable.

El enfrentamiento final entre Octavio por un lado y Antonio y Cleopatra por el otro tuvo lugar frente al promontorio de Accio.

Cuando la batalla naval dio comienzo, en un mar que acababa de calmarse tras una tormenta, Cleopatra pensó en sus hijos, a los que quizá no volvería a ver, y el corazón se le encogió dolorosamente. ¿De verdad era eso lo que la vida le había reservado? ¿Una guerra continua, sangre y sufrimiento?

En la proa de la nave almirante trataba de incitar a sus hombres, pero lo que veía la horrorizaba. Centenares de naves arremetían unas contra otras, entre gritos, soldados heridos que caían al agua, incendios y aullidos de dolor.

El mar se había vuelto tan rojo como la sangre.

La batalla fue muy violenta y duró todo el día, pero los enemigos eran más poderosos. Cuando Cleopatra se percató al atardecer de que todo estaba perdido, hizo un

gesto al timonel y dirigió la proa hacia Egipto, a casa, con sus hijos.

Antonio la siguió, probando el amargo sabor de su primera y última derrota. Pero él también eligió seguir con vida. Durante el tiempo que los dioses les concedieran, fuera largo o corto, seguirían juntos.

Seguirían siendo una familia.

Epílogo

Poco tiempo después, Octavio marchó contra Alejandría para hacer prisioneros a Antonio y a Cleopatra y arrastrarlos encadenados hasta Roma. Antonio se quitó la vida con la espada y Cleopatra dejó que la mordiera una serpiente venenosa. Habían vivido como reyes y no querían morir como esclavos. Cesarión huyó a la India, pero hasta allí lo siguieron los hombres de Octavio y lo mataron. De los demás hijos de Cleopatra se perdió todo rastro. Con la muerte de Cleopatra se extinguió la dinastía de los Ptolomeos. Octavio se proclamó emperador de Roma y Egipto se convirtió en una provincia del Imperio romano.

Cleopatra hoy

Las huellas de Cleopatra se han perdido en los recovecos de la Historia, pero su exótica personalidad ha estimulado de todas formas la fantasía de escritores, pintores y escultores de todos los tiempos.

Sus representaciones son numerosas: protagonista de cuadros famosos, inmortalizada en su belleza en bustos, estatuas e incluso en monedas.

Podéis admirarla, tal como la han retratado los grandes artistas, en los museos del mundo entero: desde el Museo Egipcio de Turín y de El Cairo, al Louvre de París o el British Museum de Londres.

Cleopatra ha sido el símbolo de la feminidad y del misterio jamás desentrañado, y casi siempre la han mostrado en su gesto de quitarse la vida con tal de no caer prisionera de Octavio. Pero, como habéis podido leer en este libro, fue mucho más.

El famoso dramaturgo William Shakespeare hizo de ella la protagonista de una de sus obras maestras, *Antonio y Cleopatra,* que se ha representado en todo el mundo.

Una película, Cleopatra, de 1963, basada en su vida, ha entrado en la historia del cine. Le prestó su rostro Elizabeth Taylor, una actriz legendaria, que supo interpretarla con pasión.

En definitiva, las representaciones de Cleopatra son muy variadas. Pero ninguna ha desvelado del todo el misterio y la fascinación de esta gran reina.

Índice

Cleopatra